歌集

ぶどうのことば

大松達知

Omatsu Tatsuharu

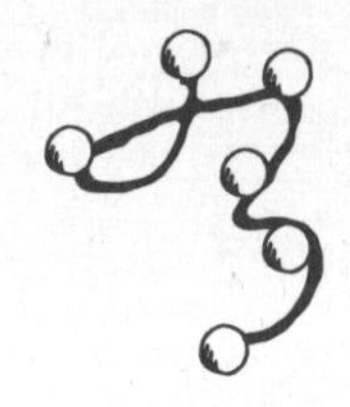

短歌研究社

ぶどうのことば　目次

装幀　真田幸治

ぶどうのことば

青海波

東天をしづかに降るはつはるの龍のやうなる雨を思へり

呑むための器ばかりが増えてゆく四十半ばの白い白い闇

なげけとて鼻がしらよりよく触れるかこちがほなるスマフォの鼻に

蕪村。

〈火を付ける（キンドル）〉で読みつつゐたり鉛筆の無かりしころの冬木立の句

Wi-Fiのマークのやうな青海波あまた咲きをり秋刀魚を悼む

Wi-Fiをつないだ痕の残りけり年越ししたる読谷（よみたん）の宿

おやすみ

目つむりてさらにもつよくつむりたり顔にこんなに筋肉がある

チャーハンの写真を撮つてチャーハンを過去にしてからなよなよと食ふ

つぎつぎに撮つてつぎつぎに消してゆくわれのきらめく枝葉末節

息を止めて撮りたる中の一枚の、思ひ出さないままの思ひ出

木守り（きまもり）の柿のやうにもふたりゐてまだまだねばる夜の英語科

遅い遅いと妻は言ふなり採点ののちの土曜のゆふがた七時

飲み会と括られてをり熱りて授業の術を語りゐたれど

自習にして「花と蛇」書きたりといふ英語教師の団鬼六は

ぶだうのことば

われを見てンンンッ?と言ふ一歳児ぶだうのことば話すみたいに

子をまねて指しやぶりしてみるまひるこころあるべきところに戻る

自宅近くの哲学堂公園にガンジーの立像がある。

ガンジーさんに合掌してる一歳よ、つくしのやうにあたま揺らして

糠漬けのすずなすずしろ手づかみに食ふ一歳を父はでれろん

宮崎産。

娘より若い仔牛を食ひにけり祖父母の名前さへ書いてある

しあはせ？と訊いてチャアセ！と言はせたりああ言はせたり一歳半に

自転車に乗れなくなる日来るやうに英語忘れる日がいつか来る

うすやみに娘の襁褓換へゐたりうすやみのなか眼鏡をかけて

屋久島産芋焼酎。

育児ストレスと言つたら嗤はれる小さきもやもや〈三岳（みたけ）〉が溶かす

十二時に寝るぞと決めて十二時に合ふやうに注（つ）ぐ二センチの酒

寝巻きにてもうひとくちの仕舞ひ酒　あしたを明（あか）く照らし給へよ

十二時を超えないやうに飲む酒の、妻が超えればわれも超えゆく

ドアふたつへだてて妻と飲む夜の酌み足しながら妻を思へり

おやすみを言はずに妻が寝てしまふ家族三人になつたころから

安さ爆発

がんばらう！　つぶやいたこと気づかれて顔を見られて微笑まれたり

枯れきつてゐない枯葉を踏みながら、聞かなくなつた〈安さ爆発〉

宥せば宥すほどに老いゆくここちなり　来たくなかつた宴(うたげ)たのしむ

濡れ髪を指で揉みつつ乾かせり無伴奏チェロ組曲が聴こゆ

五分早く来てその五分つぶしたりヒマラヤ杉の木下闇にて

放つとけば消えると言はれ放つといた黒子のやうなものが消えない

わづかなるＧ感じつつ曲がりゆけり終点までにもうひとつＧ

人間におまえ（iPad.）とルビの振つてあるマンガの齣を二指で拡げる

塩花

ホッチキスはづして二枚捨てたりき海を見て海に触れざりし夜

〈生産者鈴木賢一〉の山芋と〈メキシコ産〉の南瓜を買へり

国境（ボーダー）をあるいて越えたことがある　西に大地震ありたる春に

メキシコ。ティワナといふ町。

パスポートコントロールなし雨樋の水のやうにも歩きたりけり

三時間ほどメキシコにゐてはやくはやくアメリカにはやく帰りたかつた

衝動のままに買ひ二十年使ひをりペリカンスーベレーン五万五千円

東京・新大久保駅前には雑居ビルの中にモスクがある。

四階にモスクのあるをおもひつつおもひて過ぎるのみのこのビル

正午過ぎのしばしを店は閉ぢてをり主（あるじ）は昼の礼拝（ゾホル）さなかであるよ

アザーンの聞こえて聞こえない夕べ、ドネルケバブに生徒が集ふ

といふことは一生ずつと点(さ)す、といふことですね、はい、といふことです

あたらしき目薬に心あらたまる塩花(しほばな)のやうにかなしくかなし

目薬をさせばテギュンと音はせりなんて胡乱（うろん）な音なんだらう

われの眼にあつて見えないブドウ膜強膜流出路に効く薬

毎晩を点すべき薬持ち来れど伊豆の望の夜、酔へば忘れる

ノンブルが揺れて見えをり痛風のそろそろ来べきわれの人生

ひいなさん

毛利ひいなさん。享年三十七。

筆名ひいな、本名佳代、を思ひ出しつつ思ひつつ見てゐる雛

福岡の飲茶のお礼かなはざりきしばらく会はずいまでも会はず

娘（こ）のための雛（ひひな）であれどけふも見てふかく悼めりひいなさんのこと

英語教師なりにし君の日々を思ふ君の英語を聞きたかりけり

しつぽなし！　ほれぼれとして娘（こ）は言へりそのさびしさをたしかめるごと

トースターから跳ね上がるベーグルをまねて跳びをり大股開き！

うなされるやうな夢見てゐたりしがうなされてたよ妻が言ふなり

What a coincidence!

桂枝雀。本名前田達（とほる）なりと、その長男は一知（かずとも）なりと

つれあひ

オフサイドライン上げ下げしてゐたる春の心はしふねき心

てくてくと思ひて歩く　てくてくと思へば思ふほどてくてくと

姉のない男の一生（ひとよ）さみしくて鏡を見れば老けた兄がゐる

むかつくと思ひて歩く　むかつくと言つてられないガザ地区（ガーザストリップ）

ストリップ（きれはし）と呼ばれる土地に暮らしゐる人らを思ふ　日本だけの戦後

どう見ても肉じゃがなれど肉じゃがの残りと言へり今宵の妻は

につぽんをいづれ去りゆく水なんだどがすかじゃんと降つて流れて

そんなに嫌なのか？

〈柔〉と〈道〉ひと文字づつに画鋲さされ四月半ばの時間割表

担当者の氏名のなかの〈吉〉の字の口のなかにもピン刺されをり

ジョルジュ・ルオー　男のありて女ありてキリストありてそのみんなパパ

子の涙ぬぐひをりたり涙にはＤＮＡは含まれません

公園で訃報メールを受けとりき一歳ムスメなにか気づけり

メール来て見上げたビルは扁平の中野区中野キリンビール本社

小高さんにつひに会つてはもらへない娘なりパパだいぢやうぶだいぢやうぶ

つれあひ、といふ佳き言葉使はんか小高賢さんが使つてゐたから

胡桃

眠らない吾子に胡桃を握らせてやれば眠れり　そんなのは嘘

こつちの会もあつちの会も中座して帰り来たればむすめを覚ます

十五年住みて行かざりし路地裏の藤を見にゆく子の手を引いて

この街の銭湯ひとつ無くなれり惜しむこころのわづかにかある

息子だつたらこんなに触らないだらう二歳の足の裏を愉しむ

あの子がねえ宇宙飛行士になるなんて思はなかつた　二〇五〇年

ラーメンの列の半ばをつなぎをりこのあと架かる虹を待つごと

ラーメンを食へばなかなか腹が減らず、トシですよつて言つたねあんた

麵すくなめ油すくなめメンマいれて、みをつくしてやこひわたるべき

紙エプロンしてラーメンに向かひをり阿伽陀はありや阿伽陀はどこだ

いやはや

うたたねに逃げ込んでゐる生徒たち〈降りますボタン〉ない教室で

リプレイで見れば大きく外したるシュートはさらに大きく外す

ごく稀に、もらひ煙草をする。

〈ここに向かって煙を吐いてください〉を見つつフフッとフフフと吐けり

英語科・奥村秀樹先生。享年六十一。

いやはや、と口癖ひとつ残りたりもう死んぢやつたはずの先生

十八年となりの席で仕事して神道だつたことは聞いてた

療養中なのかもしれずさう思ふさう思ひたし先生のこと

恰幅のいい先生だった。

空腹に見えないと妻に言はれるとときをり言つてばかうけくれた

どんないい酒でもとつておけぬなり　俊足たりしウップス先生

亡くなつてもう一ヶ月　先生の椅子にだれかのジャケットかかる

夜

いちにちの心の疵によく効いて手足ぬくめるお湯割りの芋

うら紙の上でからまるあたりめの下足(ゲソ)あり言葉よりうつくしく

きのふより一升瓶が軽くありいちにち生きてありがたき夜

しろがねの秋刀魚を焼けば氷漬けされゐし姿より生きてゐる

三陸の海の暗さをわれは知らず秋刀魚は知れりそのからだ食ふ

源平咲き

むすんではひらく娘の手をおもふ源平咲きのやうな会議に

オジサンに佳いこともある顰めッ面してゐるだけで生徒ら黙る

さうでもないが。

朝凪の葉山(はやま)の海が見たくなり途中で降りて欠勤、しない

薄まればすこし注ぎ足す〈白州〉のロックは夫婦仲のやうにも

この黒い箸を買ひたる街を憶ふベトナムドンはベトナムの銅(ドン)

あ、寝てる俺だそのまま寝てゐろよ吉祥寺までもうすこし寝ろ

グルグルモシャー

なんだらうまひるまのこのあたまからぶんぶんぶんと無い音がする

秋の夜をしばし楽しむ耳鳴りは九泉（きうせん）からの呼び笛なれば

うたたねの眼鏡いつしか外されてゐたり鼬（のやうな娘）に

どんな親不孝を君はしてくれる？　みかんを五つ剝くだけ剝いて

ひとつだけ皿に残れる焼き餃子、のやうに眠るむすめよむすめ

これが子を持つといふこと？　書きかけのお礼葉書にグルグルモシャー

〈百俵〉と数へるときにその味を考へることあつただらうか

・・・・・　つぶやいたわれみづからにおどろけりわづかばかりは本音

かう言へばああ言ふ君の忘れ煮の、こんなところに匂ひが来てる

ひげ剃つてゆふがた出でてゆく会のなあんだ男ばかりぢやないか

伽藍

いつの日か、死なないで！って言ふのかも　やらないで！って今は言ふ吾子

ドキンちやんコキンちやんはも描き分ける四十三の父であります

バカボンのパパの齢を二つ超え余白の多いわれのししむら

いつの日か酒を酌む日のはじめてのその一杯は父と酌むべし

いちにちいつこやくそくしたる肝油なりママからいつこパパからいつこ

吾子といふ伽藍のなかをあきかぜの吹き抜けてゆくポプラ公園

ときをりにママは?と訊いて幼子はママなき午後を気丈に過ごす

石亀のミニラを指してパパ!と言ふパパに叱られちやつた二歳は

地団駄を見せてくれたねありがたう見たかつんだ君の地団駄

ふりつもる雪はなけれど月光のふりつもりつつ吾子はねむれり

綱吉

東京都中野区中野四丁目。

綱吉の死まであありたる犬小屋の東の隅に自転車停める

百円を払って停める自転車の消費税増税のちも百円

御囲(おかこひ)ありき陸軍中野学校ありき芝生の上を娘が走る

新宿でない新宿区　ゆくりなくコガモの浮かぶ妙正寺川(めうしやうじがは)

冬

白い雲まだまだ白い秋の暮

夜さんこんにちは　夜さん元気ないね

考査中いちもくさんに聞こえくる山手線が離陸する音

冬冬とわがマンションの戸をたたく夜の新聞集金の人

朝五時の白皚皚を見つつをり臨時休校のメールを期して

後手ににぎれる棒のざらざらと　死亡例あるバリウム検査

ペン皿に面相筆のあるが見え、心みだれて診断結果

基準以下ならばいいことわるいこと　去年と同じ医師の真白髪（ましらが）

笑止顔

教室に入（はひ）りゆくさへ怖い日がそりやあ有るつて君らは無いか？

愚痴ですか相談ですか？　中三（ちゆうさん）の息子に触（さは）れないといふのは

十代の心の洞はそのこころ大きく響かせるためにある

少年のこころの洞を先回りしたる教員(おとな)が埋づむる勿れ

羽交ひ締め、することされること想ふ、じわりと想ふ、会議長くなる

やられた痛み想ひて泥(なづ)む夕方の会議は夜の会議となりぬ

口角をなんども上げてこの秋をなんども言つた〈いぢめ〉と〈いぢり〉

よくやるぢやないですかッて君は言ふ教科書にぶだう挟んで潰して

LINE.

ケニア人に似てるッて書いただけッすよそれがどうしていぢめなんすか？

あいつだからやつたわけぢやあないすけど、あいつぢやなきやべつにやんなかつたす

冬天に灯れる星を吹き過ぎる風を思へり問ひ詰めながら

さうきつと心の中で言つてゐるゴメンナサイをしづかに待てり

夜の空に大きく白く映された文字誦(よ)むやうにひとりを責める

ああこれが伝はらないといふことか　心を見せるパンツ脱ぐやうに

この酒はだれが飲ませる我酒(がざけ)かな生徒を思ひ二親を思ふ

笑止顔(せうしがほ)してくれてゐる〈赤霧島(アカキリ)〉の五合瓶ありなんとか耐へる

加害者がゐて、被害者が、ゐる。

蒸し返すわけではないと蒸し返す生徒の親にかうべを垂れる

面会のときの大きな茶封筒　助けてください『本所両国』

謝罪するときもサンダル穿いてゐる　細魚のやうなネクタイの先

負けるなと言つて欲しくて抱いてをりかういふときに『本所両国』

甘つちよろいことを言ひます　そばにゐてくれる同僚それだけで良し

説明の半ばに泣いて終はりごろふたたび泣けり悔しい母は

父はエートス、母はパトスのやうにありときをりそつと入れ替はりつつ

なにか言つてなにも変はらぬ言葉なり　机を流れ下る滝見ゆ

その妻の怒り悲しみとりまとめ父親が面会終はらせてくれる

かういふとき声が聞こえる「そりゃ、ああた、どうなの？」小高賢の
ひつかかる声

うつぶせの寝しなに思ふ昼すぎのアリナミンV腰に効きをり

こんな日々に痩せてたまるか素麺の汁(つゆ)にオリーブオイルを垂らす

学校に着くまで僕が僕であるために恋するフォーチュンクッキー

右肘

ぶらんこがキュルリルと鳴る春の日をかがやくものは娘のめだま

一九八五年四月十四日。

〈球春〉といふ季語のあるにつぽんの、村田兆治（てうぢ）のカムバック見き

振りかぶる村田兆治の右肘に春の光は宿りたりけり

一九九〇年十月十三日。

村田兆治の最後の勝ちを見た秋の光がいまもわれを照らせり

一九九五年三月。

卒業式はサリン事件の前だつた　時はびゆうびゆう音して過ぎた

われの死ぬときには音のするかなや　ハクモクレンは音せずに散る

孝行顔

さうだ　おそれないで　みんなのために。

アンパンマンマーチいつしか歌つてる学校に着く五分ほど前

不作法を新しいねと言ひかへて高校生に迎合すこし

たまさかにパンツの忘れ物がある男子二千人毎朝来れば

若人(わかうど)にビリー・ジョエルを歌はせてわが生業(すぎはひ)の午後は充ちゆく

マウンテンゴリラ減りゆくいきさつに食肉となること書かれをり

言葉あたへるやうにカツブシ降らせたり孝行顔（かうかうがほ）のもめん豆腐に

座談会の夜を思ひて（笑（ははは））ふたつ足したりひとつは消せり

R.I.P

吃音のやうな鼓翼(こよく)の音がして、思ひ出せさう思ひ出せない

切り抜きを読ませるときに黙(しじま)あり朝日だけれどごめんなさいね

わが裡にありし声よりいくばくか大きな声で生徒を糺（ただ）す

正解にばかりマルする味気（あぢき）なさ　林檎は傷があるほど甘い

英語点ぐぐつと引いた英作文　内容（にんげん）点の三点足せり

お節介が不得手なわれは教員に不向きなるべし勤続二十年

消しゴムをいつも五、六個だしてゐた生徒のこころ今はすこしわかる

この味噌がにんげんならば教員（このオレ）の説教なんか聞かない味噌だ

カワイイと生徒が褒めるすずちやんは生徒の母にどこか似てゐて

辛(つら)いよなピーナッツにも等級があるゆふぐれの成績会議

二〇一五年一月三十一日。フリージャーナリスト・後藤健二さん殺害映像。

饂飩ゆでながら左のてのひらの〈斬〉といふ字をスマフォで見てた

憤。

日本人向けの英語の声ありき〈心の中をなにかが賁(はし)る〉

beheaded.

にっぽんのニュースが〈確認中〉と書きＣＮＮは〈斬首されたり(ビヘッディド)〉と書く

忘れてしまふ、のか。うすれてしまふ、のか。

それがどこか知らないままにいちにんの柿色あかき帷子は照る

二月一日。勤務校中学入試。

弥年（いやとし）にわれは思はん入試の朝すなはち惜しき死を知りて歩きし暗き暗き朝

その動画探し当てたり細窓に後藤健二と親指で書き

Rest in Peace.

はやばやとハッシュタグさへある画像 #RIP #Kenji Goto

ピストル

手の甲の骨の谷間のイタキモの点を圧しをり伏字のやうだ

その母を巫（かんなぎ）としてをさなごの憤（むづか）るわけをすんすんと聞く

煎餅を袋の中で割つて食ふごめんよ娘　真似なくていい

ドライヤーなの？なの？なのの？　ピストルを知らない人間がこの世にはゐる

なにごとか〈無し！〉と宣言してをりぬかはひらこなるけふの二歳児

庖丁の見えるところに妻がゐてまつたく怖くないわけぢやない

しらなみの歯のレントゲン撮られをり背(せな)に鉛のエプロンかけて

空頼み

青雲に浮かべるわれの尸(し)を想ふぬんちやりぐにゆり歯型とられる

蒼空と書いてそらなりそこだけにルビあるバレーボール部名簿

お空(そら)さんなくなつちやうよ、ゆふぐれのせつなさずつとをさなごであれ

〈空(くう)〉それを not alone とも訳し interdependent とも訳す僧あり

空つぽの一升瓶は倒れやすし膝を包んで脛(はぎ)を温(ぬく)める

泡盛です。うまいです。嘉例です。

空頼（そらだの）み、良いではないか中指をマドラーにして〈カリー春雨〉

起き抜けになんだかなあと自転車に空気入れをりああ空気ねえ

タツハル！

五臓つかれて六腑ねむたいゆふぐれに地鳴（ちめい）のやうな性欲のあり

ロックだけになつたロックに注ぎをり一ミリリットル一円の火酒

無臭にんにく。

完全に無臭にすると不味(まづ)いのでわづかに匂ひとどめおくとぞ

ピン札を祝儀袋に入れながらのうまくさまんだぼだなんばく

死んだ牛、殺された牛、いやいやいやいや僕が殺した牛の牛丼

半ばから行（ぎやう）をたのしむごとくにも煮（トム）・混（ヤム）・海老（クン）と斬り合ひにけり

いまさら、アナ雪。

ありのままのじぶんになるの！　歌ひつつ（良心的）パンツ拒否する娘

にんげんッ！　恥づかしさうに叫びたる二歳にわづかかなしみの射す

タツハル！　ときをり言つて言ふたびになぜかくしやくしや顔の吾子なり

われの名は達知(たつはる)なれどまれまれに達春様と書かれて届く

達春と宛名にあるはうれしくあり師走晦日に生まれしわれは

ああ、わが母校。

達智と書かれてゐたるなつかしさアルマーマーテル上智大学

不惑過ぎてジャングルジムに登りをり娘とゐれば〈変な人〉ならず

さつきまで泣いてゐた子と冬の風呂ちんちんちんマンは疲れちまつて

カミナリがもう怖くないこのごろの娘二歳よつまらないぞな

野球部の息子の試合見にゆける日曜あらずわれの人生

ルネ・マグリット。一八九八年生まれ。

いくたびも生まれた年をたしかめて世になきひとの個展をめぐる

どの絵にも制作年が貼り付いて　下ふたけたに2を足して見る

その腹筋想ひをりたり〈大家族〉描きたる六十五のマグリット

〈鞍（あん）〉といふ単位はありぬ土曜日に七鞍乗るはずだつた人の死

この歳だ。怒つて先に帰ることだつてあるけど気づいてますか

乃木希典死んだ心がすこしわかる嗚咽してまだ死んでない僕

天抜き

ねえパパあ、かみのけしろい、からちゃんと、あらつたはうが、いいよ、
ねえパパあ

辛(から)くないカボチャカライヨ空事を言ってきちんとヒトになりゆく

ドーナツみたいぢやなくておいしいおいしいね妻子(めこ)は言ひつつドーナツ
食へり

妻の機嫌、娘の機嫌とりましてわれの機嫌は〈白霧島(シロキリ)〉がとる

烏賊さんの乾(から)びた脚に喰らひつく丙夜のぼくは三昧(ざんまい)のぼく

自己紹介。短歌に触れず終へにけり天抜き蕎麦のちぐはぐさあり

その人にいつしよに死なうと言はれれば死ぬかもしれずそんな幸せ

軟膏にも序列がある。

〈強力（ストロング）〉いやいや〈かなり強力（ベリーストロング）〉たちまち治るわが指湿疹

あの夏と呼べる夏ひとつ作れよと高校生に言つて入梅

とにかくもひとこと交はす「うぃーッす」たいせつなんだこの生徒には

兵庫県赤穂市。

〈坂越〉と書いてサコシと訓む町の港から来た甘い甘い牡蠣

むねひも

三歳に言葉教はる〈むねひも〉は白雪姫が絞められた紐

〈ない〉を付ける練習（プラクティス）かな行く行かない食べる食べない飲める飲みられない

わかってる　氷を入れて素麵を冷やすぜいたく国債のおかげ

ぐいぐい

ペニシリウム・カメンベルティ香りをりちびちびながらぐいぐい飲めり

三歳に秋刀魚の腸（ワタ）を舐めさせてペニシリンなき世界を想ふ

クリアバンポン調べてのちの数日をクリアバンポンクリアバンポン

たけのこの無言を思ふこんなにもたくさんあつて百キロカロリー

原題「Emperor」。

新幹線からの電力をもらひつつ、映画の中の昭和天皇

純真で無垢な娘よハミガキは？終はつたよー！と赤嘘を吐く

声に出して言へば三年若返る　とりま　しよんどい　それな！　ワンチャン

豚肉がジュジュッと跳ねる豚肉は（人間なみに）水分多く

正拳も裏拳も使ふことあらず履歴書書かずこの二十年

マリワナの甘い香りが判る鼻　もう二十年マリワナを嗅がず

さうなんだ

じり貧のあとにどか貧くるといふ戦後百年、娘三十三

七時半からちやかちやかと仕事して会議の五時は眠し、眠れり

ゐなくてもよかつた会議だと気づく　この歳になりあの歳になる

たまきはる〈生きる力〉よ　ぬばたまの学習指導要領良けれ

「大人になってどうだか知らんが今ちゃんとやってくれなきゃ困るんだよな」

教員におそらくあらん一勝もできない投手のやうな一年

暮れてゆくバックネットを潮風が駆けあがり天の川に吸はれき

千葉マリンスタジアム＝ＱＶＣマリンフィールド。

大男なるかなしみは幕張（まくはり）の夜のドミニカ人の力投

カルロス・ロサ。

海風のことばしづかに聞きをらんうなづくのみのマウンドの漢（をとこ）

キューバ人とメキシコ人が話しをりコンキスタドールの遺した言葉で

デスパイネとクルーズ。仲が良いらしい。

その感覚はどうしてもわからない。

母国語が外国語でもある不思議　方言なのか許し合ふのか

ホームラン！　よろこばずありなにがなし打たれた人の項（うなじ）おもふから

九回裏〈代打フクウラ〉すこし泣くもう見られないかもしれなくて

福浦和也三十九歳。

観衆は二万八千。ひとりとも話さず喉を嗄らして帰る

いや、一人だけと話した。すいません、これをひとつと、一万円で

三歳といへどオンナの手強さは　髭があるパパは王子ぢやないの

カワイイぢやなくてとつてもカワイイなの　女はやはりどうしやうもない

さうだよな、おまへはとつてもカワイイだな　父はやつぱりどうしやうもない

このムスメ、われをオヤジと呼ぶやうになるのだらうか、茶髪になつて

なさざりし息子のやうにかなしかる白辣韮に爪楊枝刺す

青春

青春は燃えながらゆくいつぽんの汗の濁流、夢の清流

ボール持つおまへの孤独感じながらわれらひとつの燃えあがる雲

太陽の声が聞こえた　はつなつのおまへがボール奪つたときに

せめぎ合ふ保革のこころ楽しめりうどんの汁にケチャップ入れて

大根と大根の葉を食べましてそのつなぎ目のところは捨てた

抜いたはずだけど見えないいつぽんの白い鼻毛であつた衝撃

マチュ・ピチュは〈老いたる峰〉を意味するとぞ、壁に向かつて便座に
坐る

高野さんの年齢に三を足して思ふ客観的な父の七十六

麻酔。

このあとを黒板に書く〈anesthesia〉試しに書いてやはり間違ふ

賞状をこれから入れる額縁あり遺影を入れるやうにも見える

ギリシャです。

もうなかば忘れてゐたりチプラスは首相の名前、ＯＸＩ（オヒ）はＮＯのこと

伊豆山神社に奉納。

三五夜の月よりとどくけざやかな笛の音はありひかりのなかに

「みやざき百人一首」。

ゆつたりと日向国に抱かれゐるよろこびありぬ焼酎のめば

面壁

ゆふぐれの渡り廊下の鰯雲　天職なのか辞めず二十年

居職（ゐじよく）でも出職（でしよく）でもなく満席があたりまへなる教室にゆく

われを見る生徒だけ見て授業せりのつぴきならずあられもない日

面壁(めんぺき)にとほく生きてしろがねの MacBook Air 盾に授業す

つるつるのホワイトボードこれやこのポエニ戦争そんなにだいじか？

あふむきて寝てゐる〈楊（やう）〉とうつぶして寝てゐる〈柳（やなぎ）〉たのしかりけり

それは酒量にも似てゐたりいちにちにどれだけ職場にゐられるか、など

しどろもどろのもどろのあたりしどろにて英語でしやべる安保法案

われのみがサンダル履いて教室の四十人に春の震(ゆ)れ来る

あかつきのセブンで買ひし焼きうどん食ふまで三つ授業せにやならん

十八になつても選挙権あらぬふたりが混じるこの教室に

ドラフトと聞けば思へり卒業生陳くん洪くんを殺す日本兵

徴兵。

ぼんぼりさま

パリ同時多発テロ事件。百二十九人死亡。2015・11・13。

弱冠の二夜（ふたよ）を甘く甘く過ごしたるパリよパリパリいまだ帰らず

ゆくあきの見えざる銀河ながめをり〈乳の道（ヴォア・ラクテ）〉とぞ彼ら呼ぶ道

その前日。

ベイルート。四十三人爆死せりき。新聞読んで読んでなかつた

Facebook.

シリアにもレバノンにも行つたことのない面（つら）にかぶせる藍・白・紅（トリコロール）を

教室に Wi-Fi が付いた。NY Times online。

オランドぢや教材にならず七秒のオバマのセリフ書き取らせをり

映しちやつてもやくやとせり仏軍機五機飛びたちて声なき動画

ああパリにたどりつきたる難民（ひとびと）の英語に英語字幕付きをり

Anyone needs shoes?（くつはいらない？）よびかけてゐるボランティアの英語かなしもここは
パリなのに

地下鉄。

いまさらに思ひだすなりJe descends!(ジュ ディソン)と叫(おら)びて降りしオルセー美術館駅(ミュゼ・ドルセー)

広島研修引率。

〈被爆〉よりも〈内部被曝〉のリアルさを生徒は言へり夜の点呼で

空襲といふ語をヤメて〈大量放火殺人作戦〉と言へと言つたと言ふ

＊

用件は佐太郎集を買へとのみ小高賢さんが電話してきて

椅子があつて屋根があるのは有料のところばかりよ渋谷を歩く

退勤の前の五分を仮寝せり家(うち)に三歳の女王がゐる

αみたいなΘみたいなφみたいな三文字書きてパパと読ませをり

ぼんぼりさまになつてしまつて小半時ぼんぼりさまを知らないままで

子は歌ふ　液体文殊新泉（しんいづみ）　Next time won't you sing with me?

三歳の声うらがへり言ふことにや「たつはるくんは新聞だめよ」

足首（ここ）がいたいか膝（ここ）がいたいかひよこ組さんだからまだわからない（泣）

拠んどころ

くちづけるべき本妻は寝てしまひトマトを切つてボッコンチーノ

盗まうとすれば盗める長ねぎの箱あり朝の蕎麦屋の前に

生きてゐるうちにしたくておそらくはしないまま死ぬ　たとへば夜釣り

ふるゆきの指紋認証されるたびにふるさとの山が（ないけど）見える

何を指す〈それ〉かわからぬままにせり夫婦（ふたり）の今が流れゆくまま

火に油注いだことはないけれどそんなかんじの妻の目交(まなか)ひ

クルリンとグルリンはどこか違ふらしパパやってみてパパやってみる

短歌とはなにか知らないマナムスメ「きょうもたんかでいないの？」と
訊く

短歌ちやん、四歳の子が指差してをりをり坐る悪の山脈

拠んどころ、まだまだあつて実家には娘の好きなジャーマンポテト

初老

放題の〈題〉ってなんだ？　暴飲し暴食しつつ暴談の良し

おいおまへ胃薬ぐらゐ買つとけとわれは毒突(どくづ)く昼間のわれに

体温を飼ひ慣らしゐる冬の夜の、雲梯できた若さを妬む

よろこびのこゑする薬缶　鮟鱇の口のやうなる口をひらいて

焼酎が血管めぐるにはあらね　酒とは〈今〉を抱きしめるもの

締め切りがなければ行けた八月のマリンスタジアム思ふせつなく

わがうちのマイノリティーのこゑを聞きもう一杯の〈白霧島(シロキリ)〉を割る

十二月二十三日。

「王様のお誕生日のお祝いの日だから今日はお休みなのよ。」

「おうさまはおじいちゃんなの？　おうかんないし、おひげないし、やせてる
じゃない？」

うつくしくなりゆく娘その母の堪袋（こらへぶくろ）を餌食（ゑば）むごとくに

ましづかに抱かれてゐたるけふの吾子　終身保険契約ののち

せんきうひやく、こゑに出しつつ誕生日打ち込む四十五歳の初老

カーテンはなぜか苛苛してゐたりそのいらいらが妻に伝はる

勤務校。定期考査四日×年間五回。

〈解答〉をするためだけに来る二十日塩らーめんのかなしみはあり

いい授業四つしたれど締め切りは消えてくれないしよんぼり帰る

お母さんおきれいですね　言ひさうで言はないままの保護者会なり

<ございます>使はんとして使はずに過ぎたり秋の日の保護者会

校舎は八階建て。

スモークゲッツインニョアアイズ磐梯山。八階までを階段でゆく

安倍死ね、と言はない方がいいですと諌められたり答案の隅に

うな丼

うな丼を食べ始めたりうな丼がなくなつてゆくこころぼそさに

うな丼を想つて歩みきたる道　元うな丼を熟(こな)して戻る

七十七ぢやない七十六！と訂(ただ)したる父のこころに辛夷の咲くや

ようわからん言ひ訳としてジャパニーズつけて白菜の説明をせり

大臣と書かうとすれば愛人と出るキーボード底光りして

一億やる、おまへの仕事くれないか、夢のひかりの声低かりき

まはりまはつてにつぽん人に行き着くや無駄な工事に使はれる税

しなしなの胡瓜まだまだ捨てられずもつとしなしなするまで待てり

キラキラ。

海（カイ）といふ文字をマリンと訓ませをりそのかみにウミと訓ませたやうに

プレイボール直後のアウトとるやうに一首できれば心おちつく

耳掻きで数へてゐたりがんばつて作つて煮干しのやうな歌たち

二時半は二時半前にあらはれて二時半過ぎにどうでもよくなる

新大久保。栄寿司。

20L〈末広〉と青く書いてある段ボール箱それは酢の箱

手づかみ

散骨のやうに煮干粉（こ）ふり入れてにつぽんじんがいよよ濃くなる

手づかみで餃子を喰らふ幼子を真似て喰らへば逢瀬のごとし

ぶたさんと言ひつつ豚を食はせをり　豚と信じてゐるだけかしら

たましひを餌食(ゑば)むやうにも四歳の娘かりりとかつぱえびせん

バラスト

シューマイと今宵の妻が呼んでゐるギョーザうましもシューマイうまい

牛乳瓶1000本分の湯に入りて航空母艦ロナルド・レーガン

中指でくすりを塗つて中指にくすりを塗れり中指のため

なげけとて丁夜戊夜ゆくバラストのごとく積み込む〈三岳〉お湯割り

書斎、とは言ふものの。

左手をぶらり垂れれば〈赤兎馬(せきとば)〉の一升瓶の鶴首(つるくび)のあり

それだけは守れと聞いてそれだけを守ってお湯を先に注げり

くすりゆびマドラーにして飲んでをりかつて〈郡是〉のパンツをはいて

寒いから飲む夜の酒　わがうちのアムール川を温(ぬく)めゆきたり

暑いから飲む昼の酒　わが額（ぬか）のギアナ高地に霧ふるごとし

やや多く〈伊佐美〉を注ぐ　人生を洗濯カゴに入れたき春は

負けない

負けない、と声に出しをりたましひに熾のあることたしかめながら

子のために塩薄くして作りたる野菜炒めは酢をかけて食ふ

海老天の海老の二本を食はれたりおまへの父はうれしくあるぞ

四歳をぐぐつと抱けば背骨あり　死にたくないな君が死ぬまで

「人魚姫ほんとはいない？いないよね？」ゐないと言へば黙す四歳

肩車する刎れとぞ、たらちねは彦にはあらぬ息に宣ふ

白血球の数が多いと言ひましき釣りをしてるよ忙しいんだよ

柏崎驍二さん。享年七十四。

〈白血病　初期症状〉を検索す　いまさら何をしてるおまへは

すいません飲みます柏崎さんと心で言へり訃を聞いた夜

司会してゐて困らせてしまひたりき困つた顔をなさらなかつた

「おじいさんだから死んじゃったんじゃない?」娘はわれを慰めんとして

七冊みな四六判なり　読、青、四月、月、四十、百、北、もう出ないんだ

いいんだらうか

みづからを許せず人を許せるや　終はらぬうちに飲み始めたり

２０１６．４．14。

肥後銀行熊本銀行迷ひをり一万円でいいんだらうか

竹刀持つことなく三十年過ぎつされど〈初段〉はわれを支へる

いちにちを使はず過ぎし筋肉がひそみてをらん夜のししむらに

すはだかの腹から腿へローションを〈塗り給ふ〉ごとみづからに塗る

つかのまを唖然としたりときのまを閉口したり家庭は平和

つきつめて思へば人と暮らすとは人の機嫌と暮らすことなり

さうぢやないけンどもさうと言つてをり自分かはいい妻もかはいい

とんちんかんはとんちんかんのままにする　夫婦を守りおのれを守る

にんにく食べた？　さう問ふことにどんな快ありやあらずやまた問はれたり

なぐさめて欲しかつたんだ風呂の栓閉め忘れきつく叱られた夜

ガチで

たはむれにあと二試合と数へたる授業二試合トンカツのあと

ガチで？ガチで！ガチで生きゆくほかのない高校生がガチで寝てをり

かみたいおう痴れがましくもありながら叱りつつ笑まひつつ怒りつつ

ひとりだけガウス平面解かなくてひとりだけ大人この教室に

こはれないためにいささかこはれおく小さくさぼり大きく赦す

かしこまりました！と言つたことがない　祈る姿の蟷螂がゐる

praying mantis.

平凡に生きたきわれの〈平凡〉はもう少しづつ生きるぜいたく

養生をしてをり夏のゆふぐれのビールを止（よ）して熱燗にして

春の季語〈いかなご〉食べて夏の季語〈焼酎〉飲めり恐美かしこみ

どうにかならなかつたこといまだなき人生は来週に続けり

眠りたくて眠れない夜は通勤の鞄を抱けり深く眠れる

螺子すこしきつくしめたる扇風機しづかになりぬさびしくもある

蕎麦よりも天麩羅よりもそののちの蕎麦湯の白にこころ満ち足る

「構想が消え去つたとき作品は完成する」ジョルジュ・ブラック言へり

ゆふぐれの喫煙エリアから戻る人は〈未来〉から戻るごとしも

このごろの小池光に涙する妻の不調のあればなほさら

さかがり

やきとん四文屋新井薬師前店。

行きつけといふほどもなき焼きとん屋ああうるさくてああ生きてゐる

食べに来るまた酔ひに来るなかんづく神気(しんき)もらひに来る〈四文屋〉に

外にゐて丸スツールで飲みながら入閣を待つやうに待ちをり

すいませんッ！　店員さんを呼んでから心に問へりナンコツ食べる？

食欲ともちがふ物欲ともちがふ今宵ナンコツ欲は色欲

カウンター三番さんとなりにけり左右の人にどうもと言つて

死んでから抜かれた舌の嵩を想ひ豚のタン喰へりうまく想へず

目つぶればいよよ旨さの深くなる豚（ひと）の肝（レバ）なりその豚（ひと）思ふ

タレと塩ありて穏やかなる日ぐれタレはスンニ派、塩はシーア派？

焼きながら汗拭きながら塩を振るいちづしんけんひたむきの眉

三番さんキンミヤロック！　店長のアルトを聞いて酔ひ清まれり

万願寺たうがらしあり辛いとこ辛くないとこ怖づ怖づ齧る

ひとり飲みながらメールで語りをり卯月八日といふ初夏の季語

レバ残りいつぽん！　低き声あればすかさず応（いら）ふそのレバひとつ

酉偏に凶と書く文字〈さかがり〉をいづこで見しや　締めのマッコリ

乱切り

ふーふーふー声に出だせばふーふーふーできない餃子食べたい娘

いつよりか尻尾なくなりたる吾子をなだめすかして白飯(しろめし)食はす

体重をのせてコーヒー挽いてをり　ざーざー降ればざーざーと聞く

あふむけのわれは虹(こう)にてその腹に十六キロの霓(げい)かかりをり

ほんたうのあたしは素甘なんだものほげほげ眠る悪たれ娘

クラブ活動の顧問だけれど。

右は近視、左は乱視。上下するバレーボールにおめめちかちか

雨だからめんどくさくて学校をサボる、遊びをしてる日曜日

眠るため乗り越してみた総武線　行つて長澤、戻つてまさみ

乱切りのゴボウおほよそ似たやうな形になつてしまふ乙(おつかれ)

中国人?·ひとりむつつりゐたけれど道訊かれたり漂亮(ピヤオリヤン)に見ゆ

対不起(トゥエイプチイ)(すいませーん。)なんどか言つて西口の歩道ふさげる游人(ヨウレン)ぬける

この人にこの人がゐる人生をすこし羨(とも)しみ嘘ひとつ言ふ

結婚をしたから、そんな言ひ訳にだまされてゐるだまされてやる

生きてゐたときもその身の冷たけれカツオ食ひをりにんにく乗せて

飛ぶための骨は軽くて脆いこと参鶏湯の骨嚙みつつ思ふ

ハツラツ

降(お)りますとなりの席にささやけり相対死(あひたいじに)を迫れるやうに

気力満ちてすがしき朝を出でゆけり右は燃えない左は燃える

覚えずに忘れてゆける六桁のアラビア数字に触れてゆきたり

わが子ゆゑいないないな赤良乙女（あからをとめ）ゆゑ待ち受けにする四歳の姫

おさかなのおめめ食べればおめめ良くなるなんて嘘、吹き込まれくる

なんで？なんで？娘は父を問ひ詰める　ああ、その母のくちぶりのまま

ねこじやらし漢字で書けば〈莠〉　手釣りのやうにこころを拾ふ

１３４２２／４１４３３　いざ死にに／良い死燦々　採点さなか

ハツラツの大村崑のやうな目で生徒を糺すスマフォを没(と)つて

怒鳴られて怒られて銅メダル獲つてコーチのためと言へりせつなし

一橋(いっけう)の虹を撮りたりそののちも旧正月のやうにある虹

あとがき

二〇一四年から二〇一六年（四十三歳から四十五歳）に発表した作品の中から四五五首を選び、第五歌集とします。

この時期、「短歌研究」誌上に二年間にわたって八回各三十首を連載する機会を得ました。そのときの作品を軸に、ほぼ編年順に構成してあります。

タイトルは『ぶどうのことば』としました。前作『ゆりかごのうた』のひらがな表記を意識したつもりです。作品は基本的に歴史的仮名遣い（セリフなど一部は新仮名遣い）ですが、「ぶだうのことば」ではやや奇異に感じられる向きもあると思い、タイトルのみ例外的に新仮名遣いにしました。

時代は加速度を増して変化しているようです。作品にあるとおり、勤務先の中学高校では黒板は廃止され、授業はホワイトボードにパソコンの画面を投影して行うようになりました。それが教育にどのような影響があるのか、手探りの状態です。国内外の政治や経済もますます不透明で（そうでなかった時代は過去にないはずですが）、どこか焦る気持ちもあります。

そんな中で短歌は時代とどう向き合えるのかをつねに考えます。他言語に翻訳不可能な定型のリズムを遵守し、歴史的仮名遣いや擬古文法を使用することはグローバル化に逆行することにならないか、矛盾をはらんでいることもわかっています。ただ、この詩形だからこそできることもあると信じて歌と関わってゆきたいと思います。

「桟橋」が二〇一四年に終刊し、また宮英子さんが二〇一五年六月に逝去されました。そのあと、「コスモス」内の二十数人で作品制作・批評会を始め、二〇一六年九月には「COCOON（コクーン）」という名前の季刊同人誌を創刊するに至りました。明るく楽しい場を目指してゆきます。

刊行に際して、堀山和子さんにはたいへんお世話になりました。デザインは真田幸治さんにお願いしました。ありがとうございました。多くの人のご支援でこの歌集が世に出ること、幸せに感じております。

二〇一七年一月

大松達知

略歴

大松達知（おおまつ・たつはる）

一九七〇年、東京都文京区白山生まれ。芝中学・高校、上智大学外国語学部英語学科卒業。九〇年、歌誌「コスモス」入会。桐の花賞、コスモス賞、評論賞を受賞。現在、選者・編集委員。九一年、同人誌「桟橋」参加。九二年から一年間米国ウイスコンシン州立大学に学ぶ。二〇一六年、同人誌「COCOON」創刊、発行人。歌集に『フリカティブ』『スクールナイト』（ともに柊書房）。『アスタリスク』『ゆりかごのうた』（第十九回若山牧水賞）（ともに六花書林）。二〇一七年度NHK短歌選者。現代歌人協会会員。

メールアドレス：pinecones@nifty.com

検印
省略

コスモス叢書第一一二二篇

平成二十九年五月十六日　印刷発行

歌集 ぶどうのことば

定価　本体二七〇〇円
（税別）

著者　大松（おおまつ）達知（たつはる）

発行者　堀山和子

発行所　短歌研究社

郵便番号一一二―〇〇一三
東京都文京区音羽一―一七―一四　音羽YKビル
電話　〇三（三九四四）四八二二・四八三三
振替　〇〇一九〇―九―二四三七五番

印刷者　豊国印刷
製本者　牧製本

ISBN 978-4-86272-526-4　C0092　¥2700E